MAX ET MISTY
FONT LA COURSE

a callum
meman
Natali)

BIOGRAPHIE

Petite fille, Lucy Daniels adorait lire et rêvait d'être écrivain. Aujourd'hui, elle vit à Londres avec sa famille et ses deux chats, Peter et Benjamin. Originaire de la région du Yorkshire, elle aime la nature et les animaux, et s'échappe à la campagne dès qu'elle le peut.

ILLUSTRATIONS INTÉRIEURES
ANNIE-CLAUDE MARTIN

L'auteur remercie Linda Chapman et C. J. Hall, médecins vétérinaires,
qui ont revu les informations contenues dans ce livre.
Conception de la collection : Ben M. Baglio
Titre original : *Rat Riddle*
© Ben M. Baglio, 1996, pour le texte
Publié pour la première fois par Hodder Children's Books, Londres, 1999
© Bayard Éditions Jeunesse, 2002
pour la traduction française et les illustrations
Loi n°49-956 du 16 juillet 1949 sur les publications destinées à la jeunesse
Dépôt légal: octobre 2002
ISBN : 2-7470-0341-8

MAX ET MISTY
FONT LA COURSE

LUCY DANIELS
TRADUIT DE L'ANGLAIS
PAR GUILLAUME FOURNIER

BAYARD JEUNESSE

LES HÉROS
DE CETTE HISTOIRE

Cathy Hope a dix ans, et une grande passion : les animaux. Un jour, elle sera vétérinaire, comme ses parents. En attendant, elle porte secours à tous les petits animaux qui l'entourent.

Adam et **Emily Hope**, les parents de Cathy, dirigent une clinique vétérinaire, l'Arche des animaux.

James Hunter est le meilleur ami de Cathy. Il partage avec elle l'amour des animaux et la suit dans toutes ses aventures.

Tom et **Dorothy Hope** sont les grands-parents de Cathy. Ils vivent au cottage des Lilas et sont toujours prêts à venir en aide à leur petite-fille.

Adam Hope

Emily Hope

Dorothy Hope

Tom Hope

Cathy Hope

James Hunter

1

Mme Todd tapa dans ses mains pour réclamer le silence.

— Fermez tous vos livres, maintenant, demanda-t-elle à ses élèves. Je veux vous parler de votre prochain devoir.

Cathy Hope termina sa courbe, referma son livre de maths et regarda son professeur.

— C'est un devoir de mathématiques, annonça Mme Todd. Vous allez réfléchir à un sujet d'étude que vous pourriez consigner sur un graphique, sur une période de deux semaines. Ça peut être la météo, l'évolution de la température, ou même le temps que vous mettez chaque matin pour venir à l'école.

Cathy leva la main.

– Et avant que tu me poses la question, Cathy, ajouta Mme Todd avec un clin d'œil, oui, vous pouvez aussi traiter d'un sujet en rapport avec des animaux.

La petite fille sourit. Elle adorait les animaux. Plus tard, elle comptait bien devenir vétérinaire, comme ses parents, qui dirigeaient une clinique baptisée l'Arche des animaux.

Jill Redfern, assise à côté de Cathy, s'écria, enchantée :

– Je sais ! Je vais mesurer le temps que met Toto chaque matin pour atteindre son écuelle.

Toto était sa tortue.

– Et moi, enchaîna Sarah Drummond,

celui que met Boule de Suie pour vider la sienne.

– Sûrement pas plus de deux secondes, s'esclaffa Jill, qui connaissait l'appétit du petit chien de Sarah. Et toi, Cathy, qu'est-ce que tu choisis ?

La petite fille n'en avait aucune idée. Ses parents étaient bien trop occupés avec les animaux des autres pour accepter qu'elle possède son propre animal. Il lui faudrait se débrouiller avec ceux qui passaient à la clinique.

La voix de Mme Todd interrompit ses réflexions :

– Vous me rendrez vos graphiques, accompagnés d'un compte rendu écrit de ce que vous aurez constaté et mesuré, lundi, dans trois semaines.

La cloche de l'école retentit.

– C'est l'heure de la réunion. Tout le monde en rang, s'il vous plaît, ordonna Mme Todd.

La classe de cinquième suivit le professeur dans le couloir. En débouchant dans le hall, Cathy aperçut son meilleur ami, James Hunter, assis avec ses camarades de quatrième. Il lui fit signe de la main, et elle courut s'installer à côté de lui.

– On a un devoir de maths à remettre dans trois semaines, lui glissa-t-elle à l'oreille, et Mme Todd a dit que ça pouvait porter sur...

Au même instant, Mme Garvie, la directrice, s'avança sur l'estrade.

– Bonjour à tous, lança-t-elle à la cantonade.

– Bonjour, Mme Garvie, répondirent les enfants en chœur.

Et la réunion quotidienne commença.

Comme toujours, Mme Garvie conclut par l'annonce des anniversaires. Cette fois, son regard s'arrêta sur un petit blond maigrichon assis un rang devant James.

– Nous avons un anniversaire en quatrième, déclara-t-elle. Martin Adams a neuf ans aujourd'hui. Joyeux anniversaire, Martin! Tu veux bien te lever?

Martin Adams s'exécuta sans enthousiasme. Le rouge aux joues, il gardait les yeux fixés sur le bout de ses chaussures. Cathy l'observait avec curiosité. Elle le connaissait peu. C'était un garçon timide; maintenant qu'il se retrouvait au centre de l'attention générale, il donnait l'impression de vouloir disparaître dans un trou de souris.

— Peux-tu nous dire ce que tu as reçu comme cadeaux? lui demanda Mme Garvie en souriant.

Martin releva la tête. Pendant un court instant, son regard s'éclaira, et tout son visage parut s'illuminer. Cathy tendit l'oreille.

Mais le petit garçon se taisait.

— Eh bien? l'encouragea gentiment Mme Garvie.

Martin jeta un regard sur les élèves qui l'entouraient ; toute excitation avait disparu de ses traits.

– Un pull et une paire de baskets, marmonna-t-il en se plongeant de nouveau dans la contemplation du parquet.

Cathy haussa les sourcils. Elle s'attendait à mieux. Elle aurait juré qu'il allait répondre autre chose.

– Dis-moi, James, fit-elle à la récréation, tu le connais bien, Martin Adams ?
– Pas vraiment. Il est plutôt renfermé ; j'ai fait un devoir d'informatique avec lui, une fois. C'est à peine si on a échangé deux mots.

Il repoussa en arrière ses lourdes mèches brunes :

– À propos, et ce devoir de maths dont tu m'as parlé tout à l'heure ?

Cathy le mit brièvement au courant.

— J'aimerais trouver un sujet en rapport avec l'Arche, lui apprit-elle.

— Tu as l'embarras du choix, s'enthousiasma James, qui adorait les mathématiques. Tu pourrais compter les chats que vous vaccinez, par exemple, ou tous les animaux différents qui passent en consultation.

La cloche sonna la fin de la récréation.

— Tu voudrais bien m'aider à y réfléchir, ce week-end? demanda Cathy. Je suis en panne d'idées.

— Bien sûr! lança James en se dirigeant vers sa classe.

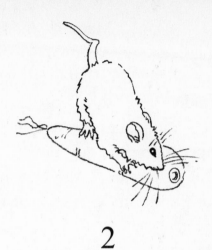

2

Après l'école, ils rentrèrent ensemble à l'Arche des animaux. Cathy avait invité James pour le goûter. Ils laissèrent leurs vélos devant la maison en pierre de taille où habitaient Cathy et ses parents et passèrent dans un bâtiment moderne, qui la jouxtait et qui abritait la clinique vétérinaire.

Jane Knox, la réceptionniste, les accueillit avec un grand sourire :

– Bonjour, les enfants !

– Bonjour ! Papa et Maman sont là ?

– Ton père est en visite à l'extérieur, mais ta mère est dans l'aile résidentielle.

L'aile résidentielle était l'endroit où l'on gardait les animaux qui se remettaient d'une opération ou qui devaient être soignés à la clinique. Ils y trouvèrent Mme Hope en train de se laver les mains dans l'évier.

– J'ai terminé ma journée, annonça-t-elle. Je dois acheter deux ou trois bricoles à Walton. Vous voulez venir ?

Cathy et James se concertèrent du regard.

– D'accord, dit Cathy. J'en profiterai pour acheter des graines. Les oiseaux du jardin n'ont plus rien à manger !

Ils grimpèrent à l'arrière du 4 x 4 de Mme Hope.

– Pour tes graines, on s'arrêtera à la quincaillerie, proposa Mme Hope. Je devais y passer de toute façon. Il faut changer la bague du robinet de la cuisine.

La quincaillerie de Walton était tenue par M. Adams, le père de Martin. Cathy adorait déambuler parmi ses rayonnages, où l'on trouvait tout et n'importe quoi, depuis les clous et les vis jusqu'aux outils de jardinage, en passant par la nourriture pour animaux ou les ustensiles de cuisine.

Quand ils entrèrent, M. Adams triait des boîtes de clous derrière son comptoir. Le carillon de la sonnette lui fit lever la tête.

– Bonjour, Madame Hope, lança-t-il. Que puis-je faire pour vous, aujourd'hui ?

La mère de Cathy lui dit ce qu'il lui fallait, et il partit le lui chercher.

– Les graines sont là, remarqua James en indiquant un présentoir à Cathy.

Ils choisirent un gros paquet de graines pour oiseaux et l'emportèrent jusqu'au comptoir, où Mme Hope examinait une série de bagues métalliques rapportées par le quincaillier.

– Comment va Emma ? demanda-t-elle à M. Adams. Elle se plaît dans son nouvel appartement ?

M. Adams hocha la tête :

– Oui, à ce qu'il paraît. Mais la maison n'est plus la même depuis son départ. Heureusement que Walton est à deux pas, et qu'elle revient nous voir régulièrement.

– Elle a toujours ses rats ?

– Des rats ? intervint Cathy, intéressée.

– La fille de M. Adams élève des rats domestiques, expliqua sa mère.

– Elle en a neuf pour le moment, précisa M. Adams, plus une portée de six bébés. Elle va en donner deux à Martin pour son anniversaire.

Cathy et James échangèrent un regard stupéfait.

– Martin est justement dans l'arrière-boutique. Il choisit leur nourriture.

M. Adams se tourna :

– Martin ! Tu veux venir une minute ?

Un rideau s'écarta au fond de la boutique, livrant passage à un Martin hésitant.

– Salut! murmura-t-il en dansant d'un pied sur l'autre.

– J'étais en train de parler de tes rats à tes amis, lui dit M. Adams.

– Comment sont-ils? demanda Cathy, curieuse.

Martin devint écarlate.

– Gris foncé et blanc, marmonna-t-il.

– Et ils ont quel âge? voulut savoir James.

– Ce sont des mâles ou des femelles? enchaîna Cathy sans lui laisser le temps de répondre à James.

– Six semaines. Et ce sont deux mâles.

Martin les regarda avec suspicion sous sa longue frange:

– On dirait que vous n'avez rien contre les rats?

– Nous, on aime tous les animaux! déclara Cathy. Pas vrai, James?

James acquiesça.

Martin se mordit la lèvre.

– En général, les gens aiment tous les animaux sauf les rats. Ils disent qu'il faut être un peu bizarre pour les aimer.

– Pas moi! s'écria Cathy. J'adorerais avoir un rat. Malheureusement, mes parents trouvent qu'il y a suffisamment d'animaux à la clinique. C'est pour ça que tu as menti à la réunion? Tu avais peur qu'on se moque de toi?

Martin fit oui de la tête.

– Quand Emma, ma sœur, était encore à l'école, des élèves n'arrêtaient pas de l'embêter; pour eux, les rats étaient de sales bêtes puantes. Mais c'est faux! Ce sont des animaux très propres.

– Je te crois, lui assura Cathy avec une lueur amicale dans ses yeux bleus.

– Moi aussi, l'appuya James.

Martin les regarda tous les deux, et son visage se détendit.

– Ça vous dirait, de les voir ? proposa-t-il timidement.

– Oh oui ! s'exclama Cathy. Quand ?

– Passez à la maison ce soir. Emma doit me les apporter vers six heures et demie. Ils convinrent de se retrouver un peu avant. Au moment de partir, Cathy se retourna vers Martin.

– Au fait, comment vas-tu les appeler ?

– Max et Misty.

3

La maison des Adams se trouvait au bout du village, à l'opposé de l'Arche des animaux. Avant même que Cathy et James soient descendus de voiture, Martin vint à leur rencontre.

– Suivez-moi ! dit-il, excité. Je vais vous montrer la cage que j'ai préparée dans ma chambre.

Ils entrèrent et passèrent par la cuisine, où s'affairait Mme Adams.

– Bonsoir, Cathy… et James, c'est ça ?

Je suis bien contente de faire enfin connaissance avec des amis de Martin.

Martin, tout rougissant, se dirigea vers la porte :

— On monte dans ma chambre, Maman.

Ils grimpaient les escaliers quand ils entendirent Mme Adams les rappeler :

— Martin ! Voilà Emma ! Elle est en avance.

Ils redescendirent les marches quatre à quatre. Emma était une jeune fille de dix-neuf ans, mince et jolie. Elle remontait l'allée en tenant sous le bras un panier de voyage surmonté d'un gros nœud de ruban bleu.

— Joyeux anniversaire ! dit-elle en tendant le panier à Martin. Désolée d'arriver si tôt, mais je suis un peu pressée.

Martin sourit jusqu'aux oreilles, il souleva le couvercle du panier et jeta un coup d'œil à l'intérieur.

— Waouh ! souffla-t-il doucement.

Cathy se pencha par-dessus son épaule et poussa une exclamation ravie. Recroquevillés dans un nid de papier crépon dormaient deux bébés rats d'une dizaine de centimètres de long chacun. Leur pelage était gris anthracite sur la tête et l'échine, blanc sur le ventre et la poitrine, moucheté de gris et de blanc sur le reste du corps. Ils avaient un museau rose, et une petite tache blanche au milieu du front.

– Ils sont trop mignons ! commenta Cathy.

– J'aime bien leurs petites taches, avoua James.

– Ce sont des rats versicolores, c'est-à-dire qu'ils sont de plusieurs couleurs, leur apprit Emma.

Martin souriait, aux anges :

– C'est le plus beau cadeau d'anniversaire de ma vie !

– Et si on les portait en haut pour leur

montrer leur nouvelle cage ? suggéra Emma.

Ils montèrent tous dans la chambre de Martin. Il avait installé dans un coin une sorte de grand aquarium transparent, au fond duquel il avait disposé, sur une épaisse couche de sciure, une maison-nette en carton, une bouteille et une écuelle, remplie d'eau. Une petite échelle s'appuyait contre l'une des parois, pour que les rats puissent s'amuser à grimper. Le garçon avait même prévu deux jouets – une balle en caoutchouc et un bloc de bois, percé de trous.

– Tu as pensé à tout ! remarqua James, impressionné.

– Voyons ce qu'en pensent les nouveaux locataires, fit Emma en riant.

Martin souleva précautionneusement le couvercle du panier et en sortit un de ses ratons. Blotti ainsi dans les mains en coupe du petit garçon, il ressemblait à une grosse souris. Il était adorable.

– Lui, ce sera Max, décida Martin.

Il le mit dans sa nouvelle cage. Le petit rat regarda partout, les moustaches frémissantes.

Martin plongea la main dans le panier pour sortir son compagnon.

– Celui-là, ce sera Misty, annonça-t-il en serrant le rat contre lui.

Il l'examina de plus près :

– Regardez, il a une petite tache sur le museau. Comme ça, je pourrai les distinguer plus facilement.

Martin déposa Misty à côté de son frère. Ils reniflèrent plusieurs fois, en remuant comiquement leur nez, puis partirent à la découverte de leur nouveau domaine.

– J'ai l'impression que Misty est un peu plus petit, nota James, qui ne les quittait pas des yeux.

Tout le monde se pencha pour vérifier.

– Oui, tu as raison ! confirma Emma.

– Apporte-les à l'Arche pour une visite de contrôle, suggéra Cathy à Martin. Papa examine souvent les nouveaux animaux domestiques.

Emma secoua la tête en souriant :

– Je ne crois pas que ce soit nécessaire. Ils sont tous les deux en pleine forme.

Elle consulta sa montre :

– Je me sauve, je dois retrouver des amis à Walton.

La jeune fille ramassa un morceau rectangulaire de grillage qui traînait par terre et le tendit à Martin.

– N'oublie pas de bien recouvrir leur cage si tu ne veux pas qu'ils s'échappent.

Elle serra son frère dans ses bras :

– À bientôt ! Et, encore une fois, bon anniversaire !

– Au revoir, Emma. Merci ! lança Martin, ému, les yeux brillants.

Emma et Mme Adams redescendirent, laissant Cathy, James et Martin en compagnie des ratons. Max était penché au-dessus de l'écuelle ; Misty furetait dans tous les coins, explorant la petite maison, grimpant et dévalant l'échelle.

– Demain, je leur apprendrai à s'asseoir dans ma main, dit Martin. Vous avez envie de m'aider ?

– Oh oui, avec plaisir ! répondirent James et Cathy en chœur.

Cathy regarda Misty fourrer son museau dans un des trous du bloc de bois. Elle trouvait les deux bébés rats magnifiques.

– Tu devrais demander l'autorisation de les amener en classe un de ces jours, dit-elle. Je suis sûre que tout le monde voudra les voir.

– Je préfère que personne ne soit au courant, avoua-t-il, gêné.

– Pourquoi ça ?

– Je n'ai pas envie qu'on se moque de moi. Promettez-moi de garder le secret.

– C'est juré ! fit Cathy en soupirant.

4

Les deux amis se retrouvèrent le lendemain matin devant la maison de la famille
Adams.

Martin vint leur ouvrir, et ils le suivirent
dans sa chambre.

Max et Misty étaient en train d'explorer
leur cage. L'un d'eux s'assit sur son
arrière-train pour se débarbouiller et se
passer la patte derrière l'oreille.

Cathy examina son museau : pas de tache
brune.

– C'est Max, pas vrai? demanda-t-elle à Martin, qui approuva de la tête.

– Donc celui-là, c'est Misty, déclara James en indiquant l'autre rat, qui mâchonnait un morceau de bois.

– Bravo, James! se moqua Cathy. Comment tu as deviné?

– Les rats ont besoin d'user leurs dents en permanence, leur dit Martin, sinon elles poussent trop. Ils mâchent n'importe quoi – du bois, des noisettes, des os...

– Des os, comme les chiens? s'étonna James.

– Eh oui. C'est bizarre! mais ils adorent ça.

Martin souleva le couvercle de la cage et plongea le bras à l'intérieur pour attraper Max.

– J'ai commencé à leur apprendre à rester dans ma main. Ça a l'air de leur plaire!

En effet, le petit rat se blottit, confiant, au creux de sa paume. Martin le gratta doucement derrière les oreilles, et Max entreprit de lui lécher les doigts.

– Il aime le goût du sel sur la peau, expliqua Martin.

– Est-ce qu'ils mordent ? s'enquit Cathy.

– Presque pas. En tout cas, beaucoup moins que les autres rongeurs domestiques, comme les hamsters ou les souris. Tu veux le tenir ?

Cathy tendit les mains et prit Max avec délicatesse. Le pelage du rat était doux et soyeux. Il s'accrocha de ses petites griffes aux paumes de la fillette, et il regarda tout autour de lui avec ses grands yeux intelligents.

– Tu sais, à l'école, personne ne se moque de ceux qui ont des hamsters ou des souris, dit Cathy. Tu devrais parler de tes rats. Je te parie qu'ils auront un grand succès.

– Prends les gerboises des quatrième et cinquième classes ! renchérit James. Tout le monde les adore, non ?

– Les rats, c'est autre chose, soupira Martin.

– Pas du tout ! insista Cathy. Tu ne crois pas que ce serait génial de pouvoir parler d'eux à tes copains ?

Martin hésita un moment, puis secoua la tête :

– Non, je préfère que ça reste entre nous.

Il prit un pot en plastique à côté de la cage, dévissa le couvercle et sortit un raisin sec.

– Bon ! dit-il pour changer de sujet. Et si on commençait à leur apprendre à réagir à leur nom ?

– D'accord. Comment procède-t-on ?

– En leur offrant des friandises, répondit Martin. Peux-tu me passer Max ?

Il déposa le raton sur le parquet et lui tendit le grain de raisin.

– Ici, Max ! Max, viens, mon beau !

Le rat leva les yeux. Il vit le raisin et trotta jusqu'à Martin. Saisissant le fruit sec avec ses dents, il l'engloutit d'un coup.

Le petit garçon le récompensa en lui grattant la tête.

– Il suffit de faire ça plusieurs fois, dit-il à Cathy et James.

– C'est comme pour dresser un chien, observa James.

– Alors, espérons qu'ils apprendront plus vite que ce pauvre Blackie ! fit Cathy d'un air taquin.

James avait un jeune labrador, Blackie, qu'il tentait de dresser depuis son plus jeune âge, sans grand succès.

Martin remit les deux rats dans leur cage.

– Il vaut mieux les laisser se reposer un peu, sinon ils risquent de se lasser, expliqua-t-il.

– Comment vas-tu les occuper le reste du temps ? demanda Cathy.

– Je vais vous montrer, répondit Martin en refermant la cage. Venez !

Cathy et James le suivirent dans le couloir, intrigués. Le garçon s'arrêta devant une porte, un peu plus loin sur le palier.

– C'est l'ancienne chambre d'Emma. Regardez ! dit-il en poussant le battant.

Cathy et James écarquillèrent les yeux. Sur une grande partie du mur s'étalait un incroyable réseau de tuyaux en plastique et de plates-formes en bois.

– Qu'est-ce que c'est ? souffla James.

Martin se retourna vers lui et sourit malicieusement.

– Ça, les amis, annonça-t-il en repoussant une mèche de cheveux, c'est la Fabuleuse Piste des Rats !

5

– On place le rat là, expliqua Martin en montrant une plate-forme à un bout du circuit. Il entre dans ce tuyau, descend là, puis emprunte cet autre tuyau et remonte jusqu'ici.

Tout en parlant, il suivait du doigt le parcours sinueux à travers le dédale des tuyaux.

– Finalement, il débouche à cet endroit et franchit la ligne d'arrivée.

La plate-forme qu'il montrait était située

tout au bout de la piste. Elle comportait un petit drapeau avec la mention « Arrivée ».

– C'est fou ! s'émerveilla James. Qui a fabriqué ça ?

– Mon père et Emma. Le parcours était beaucoup plus simple au début, mais ils l'ont progressivement rallongé.

– À quoi servent ces ouvertures ? demanda Cathy en indiquant différents points du réseau, où des sortes de hublots percés dans les tuyaux ouvraient sur de petites plates-formes intermédiaires.

– Au dressage, répondit Martin. On place une friandise au premier hublot. Le rat commence le trajet, trouve sa récompense et la mange. Une fois qu'il a compris, on met la friandise de plus en plus loin sur le parcours.

– Quand vas-tu l'essayer avec Max et Misty ?

– Emma dit qu'il ne faut pas les brusquer. Dans quelques jours, ils testeront le parcours, et je chronométrerai leurs performances.

— Des courses de rats ! s'écria James avec enthousiasme.

— Mais, d'abord, je veux les habituer à ma main. Vous venez ?

Cathy et James jouèrent toute la matinée avec les rats en compagnie de Martin. Quand ils sonnèrent à la porte le lendemain à la même heure, Mme Adams les accueillit avec un grand sourire.

— Encore vous ? plaisanta-t-elle. Ça change, de voir des amis de Martin à la maison. Figurez-vous que je lui avais proposé d'organiser une fête pour son anniversaire, mais il n'a pas voulu en entendre parler.

Elle passa la tête dans le salon :

— Martin ! Tes amis sont là !

Martin arriva en courant.

– Salut! dit-il. On y va?

Ils le suivirent à l'étage. Quand ils entrèrent dans sa chambre, les deux ratons s'approchèrent de la paroi de leur cage. Ils se dressèrent sur leurs pattes arrière et reniflèrent avec curiosité.

– Bonjour, vous deux! lança Cathy.

Elle se tourna vers Martin:

– Quel est le programme, aujourd'hui?

– On va les laisser explorer ma chambre, répondit le garçon. Il faut qu'ils prennent de l'assurance avant d'affronter la piste des rats.

Il ôta le couvercle de la cage, sortit Max et le posa sur le parquet. Le petit rat resta immobile, les moustaches frétillantes, un peu apeuré.

– Allez! fit Martin en le poussant doucement pour l'encourager. Va faire un tour.

Max bondit en avant, regarda à droite et à gauche et revint se réfugier auprès de Martin. Après un moment, il glissa un coup d'œil prudent à l'extérieur et se risqua de nouveau à découvert ; il s'aventura un peu plus loin cette fois, puis regagna précipitamment les genoux de son maître, plus sécurisants.

– Il n'a pas l'air très emballé, observa James.

– C'est normal, lui assura Martin. Il lui faut un peu de temps pour s'habituer à son nouvel environnement.

Misty se révéla beaucoup plus téméraire. Dès que Martin l'eut mis par terre, il courut au centre de la pièce, se dressa sur son arrière-train pour reconnaître le terrain et détala jusqu'à l'étagère de livres. Après un moment, il retourna vers Martin, pour repartir aussitôt en vadrouille. Il escalada le lit, se promena sur la couette et redescendit. Il s'intéressa ensuite au fil électrique de la lampe de chevet.

– Non ! cria Martin en tapant dans ses mains.

Misty sursauta et fila sans demander son reste.

– Je ne veux surtout pas qu'il commence à mâchonner ce genre de choses! dit Martin. J'espère que je ne lui ai pas fait trop peur.

– Il en faudrait davantage pour l'effrayer, celui-là! s'esclaffa Cathy en voyant le rat partir à la découverte du bureau.

Il renifla les crayons et les feuilles qui traînaient par terre, puis grimpa le long de la chaise et s'assit au milieu. Les enfants éclatèrent de rire. Martin prit une cacahuète dans son bocal.

– Misty? Viens ici!

Le petit rat sauta par terre et accourut saisir la cacahuète entre ses pattes. Assis sur son arrière-train, il entreprit de grignoter sa friandise tout en les surveillant.

– Il va adorer la Fabuleuse Piste des Rats! s'écria James.

– Ils vont l'aimer tous les deux, dit Martin. Les rats raffolent des défis.

Il ressortit Max de sa cage et le plaça sur son épaule gauche.

– Pendant que j'y suis, je vais leur apprendre à rester sur mon épaule. Comme ça, ils pourront m'accompagner partout.

Max se pelotonna contre la joue de Martin.

– Ça lui plaît, vous voyez ? s'exclama le garçon, enchanté.

Cathy suivit des yeux Misty, qui était reparti fureter aux quatre coins de la chambre.

– Je vois mal Misty se tenir sagement perché là-haut ! fit-elle en riant.

– J'ai l'impression qu'ils ont des caractères très différents, convint Martin.

Max lécha l'oreille de Martin et se tourna vers Cathy, l'air de dire :

« Moi, je me plais bien ici ! »

– Ces rats sont drôlement intéressants, déclara James à Cathy alors qu'ils rentraient chez eux à vélo.

– Mince ! Mon devoir de maths ! J'avais complètement oublié !

– Quand dois-tu commencer ?

– Samedi au plus tard.

– Ça te laisse six jours, fit James en haussant les épaules. Tu as le temps d'y réfléchir.

6

Vendredi arriva, et Cathy n'avait toujours pas trouvé d'idée pour son devoir. À l'heure du déjeuner, elle envisageait différentes possibilités en compagnie de James quand Martin surgit dans la cantine, tout excité.

– Salut! dit-il. Ce soir, après l'école, j'essaie la piste des rats. Ça vous tente?

Cathy et James en oublièrent aussitôt le devoir de mathématiques :

– Tu parles! répondit James. À quelle

heure veux-tu qu'on vienne te voir?

— Passez vers quatre heures et demie.

— On va les laisser découvrir le circuit étape par étape, annonça Martin. Pour commencer, on va les faire aller jusqu'au premier hublot.

— Je mets une friandise sur la plate-forme? demanda Cathy, impatiente.

Martin hocha la tête. Cathy ouvrit le bocal à friandises et plaça une cacahuète sur la plate-forme intermédiaire. La première partie du circuit était en tube transparent; ainsi ils pourraient suivre la progression des rats.

Martin se pencha sur la cage:

— Alors, qui commence?

— Misty, proposa James. C'est le plus téméraire des deux.

Martin déposa le raton sur la plate-forme de départ. Il hésita un instant, puis tressaillit en captant l'odeur de la cacahuète.

Il partit comme une flèche, le museau frémissant. Il atteignit le hublot en quelques secondes, puis sauta sur la plate-forme et dévora sa récompense.

Martin le souleva délicatement :

– Génial ! Faisons un autre essai.

Misty fut encore plus rapide la deuxième fois. Après une troisième tentative couronnée de succès, Cathy glissa la cacahuète sur la deuxième plate-forme.

En parvenant au premier hublot, Misty s'arrêta un instant, désorienté, puis, baissant la tête, il poursuivit son chemin jusqu'à la seconde plate-forme.

– Bravo ! l'applaudit Cathy.

– Accordons-lui une pause, dit Martin quand Misty eut grignoté sa friandise, ou sinon il va finir par s'ennuyer.

Ils échangèrent les rats. Quand Max eut maîtrisé les deux premières étapes, ce fut de nouveau le tour de Misty ; il semblait apprendre beaucoup plus vite que son

frère. Mais, à la fin de la séance d'entraî-
nement, les deux rats étaient capables de
parcourir le circuit d'un bout à l'autre.

Martin ouvrit le tiroir du bureau et
farfouilla à l'intérieur.

– Qu'est-ce que tu cherches? lui
demanda James.

– Ça! s'écria Martin en brandissant un
chronomètre. Je savais bien qu'Emma
l'avait laissé ici. On va voir en combien
de temps ils bouclent le circuit.
Commençons par Misty.

Ils mirent le petit rat sur la plate-forme de
départ et posèrent un bout de fromage à
l'arrivée.

– Attention… prêts? C'est parti! lança
Martin en déclenchant son chronomètre.

Misty atteignit le bout du parcours en
dix-huit secondes. Max fut moins rapide;
il s'arrêta plus souvent, et mit vingt-trois
secondes.

– Oh, ils peuvent faire beaucoup mieux,

affirma Martin. Emma avait un rat qui parcourait le circuit en neuf secondes. C'est le record officiel.

— On devrait noter les résultats, suggéra Cathy, et mesurer leurs progrès chaque jour.

James se tapa le front :

— Mais bien sûr ! La voilà, ton idée !

— Hein ? fit Cathy.

— Ton devoir de maths ! Tu vas consigner les temps de Max et de Misty et faire une courbe sur quatorze jours.

Les yeux de Cathy s'agrandirent :

— Hé, c'est génial !

— De quoi parlez-vous ? demanda Martin en fronçant les sourcils.

Cathy le lui expliqua en quelques mots.

— Depuis une semaine, je cherche un sujet pour ce devoir ! ajouta-t-elle.

Elle remarqua l'expression de panique sur le visage de Martin.

— Eh bien, quoi ?

– Je ne veux pas ! Toute l'école va être au courant.

– Et alors ? Je te garantis que ça va drôlement les intéresser. Tout le monde voudra voir tes rats.

Martin était à la torture.

– Allez, Martin, dis oui ! plaida James.

– Okay. Mais si on se moque de moi…

– Oh, merci, Martin ! s'écria Cathy, les yeux brillants. Personne ne se moquera, crois-moi. Tu vas devenir une vedette !

7

Lundi matin, Mme Todd fit le tour des élèves en leur demandant quel sujet ils avaient retenu pour leur devoir.

– Je vais compter les voitures qui passent chaque jour devant chez moi entre quatre heures et demie et cinq heures moins le quart, annonça Richard Tanner.

– Et moi, la température qu'il fait chaque jour à quatre heures, dit Andrew Pearson.

Cathy attendait son tour impatiemment.

Mme Todd s'arrêta enfin devant son pupitre :

— Et toi, Cathy ?

— Je vais noter chaque jour le temps que mettent deux rats à parcourir un même circuit, déclara-t-elle fièrement.

Comme elle s'y attendait, elle devint aussitôt le centre de l'attention générale. Les questions fusèrent de toute part :

— Des rats ?

— À qui appartiennent-ils ?

— Quel genre de circuit ?

Mme Todd tapa dans ses mains pour ramener le calme :

— Raconte-nous tout ça en détail, Cathy.

D'une seule traite, Cathy mit ses camarades au courant de son projet.

— Pour l'instant, Misty est plus rapide, mais j'espère bien que Max finira par le rattraper, dit-elle pour conclure.

— Ceux qui veulent en savoir plus doivent attendre la récréation, déclara

Mme Todd. En tout cas, bravo pour cette idée très originale, Cathy. Je suis impatiente de connaître les résultats.

Cathy sourit à tout le monde et se rassit. À la fin du cours, elle fut assaillie par une petite foule de curieux. Trois élèves de quatrième, Tina Cunningham, Paul Stevens et Amy Fenton, s'approchèrent pour voir ce qui se passait.

Cathy repéra Martin, qui sortait de classe avec James.

– Voilà Martin, dit-elle en lui faisant signe de les rejoindre. Les rats sont à lui. Vous n'avez qu'à lui poser vos questions.

Martin se mêla au groupe avec une certaine appréhension.

– Il paraît que tu as des rats domestiques ? lança Tina.

Martin hocha la tête. Il n'était pas à l'aise.

– Waouh ! fit Amy, qui avait une souris blanche appelée Minnie. C'est vrai qu'ils sont gros comme des chats ?

– Les rats sont moches, et ils puent!
affirma Tina d'un ton péremptoire en se
pinçant le nez.

– Pas du tout! protesta énergiquement
Martin.

– Et ils mordent, rajouta Tina en cher-
chant des yeux du soutien autour d'elle.
Martin devint tout rouge :

– Absolument pas! Et ils sont très
propres. Ils n'arrêtent pas de se nettoyer!
En plus, ils sont très affectueux et drôlement intelligents, et ils font d'excellents
compagnons.

Personne ne trouva rien à répliquer.
Martin avait parlé avec véhémence.

– De quelle couleur sont-ils? voulut
savoir Amy.

– Gris et blanc. Ce sont des rats versicolores.

Les questions se succédèrent à un rythme
rapide. Quel âge avaient les rats?
Comment s'appelaient-ils? Que voulait

dire exactement « versicolore »? Que mangeaient-ils? Où Martin les gardait-il? À mesure qu'il répondait, Martin perdait sa timidité. Il raconta comment il leur avait appris à reconnaître leurs noms et à se tenir sur son épaule.

Cathy échangea un regard avec James. En fin de compte, leur ami ne semblait pas si malheureux de devoir parler de ses rats à ses camarades. Il était même intarissable! À partir de ce jour-là, Martin fut sans cesse arrêté dans la cour de récréation par des enfants curieux de savoir comment Max et Misty s'en sortaient. Les nouvelles étaient bonnes, car les deux rats se montraient chaque jour plus performants.

Le jeudi, Misty parcourut le circuit d'un bout à l'autre en neuf secondes.

– Je suis sûr qu'il va pulvériser le record! s'exclama James.

– Il le battra demain s'il continue à s'améliorer, fit Martin en soulevant le raton au creux de sa main. Il est incroyable.

Le petit rat le dévisagea de ses grands yeux clairs, l'air de dire : « Je le sais ! »

Le lendemain, c'est avec un pincement d'excitation particulier qu'ils sortirent les rats de leur cage. Martin posa Misty sur la plate-forme de départ.

– Huit secondes, murmura-t-il au petit rat. Courage ! Tu es le meilleur !

Misty tendit le museau vers le tube.

– À vos marques… prêt… partez ! cria James en déclenchant le chronomètre.

Martin lâcha le petit rat, qui s'élança à travers les tuyaux.

– Il arrive ! annonça Cathy quelques secondes plus tard à l'autre bout du circuit. Attention… stop !

James appuya vite sur le bouton du chronomètre.

– Alors ? demanda aussitôt Martin.

– Neuf secondes, annonça James d'un air désappointé. Pas mieux qu'hier.

Deux nouvelles tentatives se soldèrent par le même résultat.

– Il a peut-être atteint ses limites, suggéra James.

Martin secoua la tête :

– Je suis sûr qu'il peut faire mieux. On réessayera demain.

8

Le samedi suivant, après avoir passé la matinée dans le hall de l'accueil de l'Arche à discuter avec les clients venus pour soigner leurs animaux, Cathy passa chercher James, et ils se rendirent ensemble chez Martin.

Martin les accueillit, et les trois enfants filèrent à l'étage. Mme Adams les rappela dans les escaliers.

– Tâchez de ne pas chahuter, d'accord ? leur dit-elle. J'attends Mme Ponsonby cet après-midi. Je voudrais la convaincre de prêter sa maison de Bleakfell Hall à l'association musicale de Welford pour un concert, alors je vous demande de ne pas faire trop de bruit.

— Promis ! dit Martin en repartant vers sa chambre.

— Heu, Martin ? hésita Mme Adams... Évitons de lui parler de tes rats, si tu veux bien. Je crains un peu sa réaction.

— Okay !

— Merci, mon chéri. On a vraiment besoin de Bleakfell Hall, tu sais.

Cathy et James finissaient de tout préparer quand Martin les rejoignit.

— Allez, on s'attaque au record ! s'écria-t-il.

Une fois de plus, Misty mit neuf secondes à couvrir le circuit. Déçus, ils le déposèrent dans sa cage et en sortirent Max.

— Voyons s'il a fait des progrès, lui dit Martin.

Cathy ouvrit le bocal à friandises. Il était presque vide.

– Il va falloir refaire le plein, annonça-t-elle.

Ils reposèrent Max dans sa cage et descendirent dans la cuisine.

– Miam, miam ! fit James en humant l'air avec délice.

Mme Adams leur sourit.

– Servez-vous, dit-elle en leur indiquant la plaque de cuisson sur laquelle refroidissaient deux rangées de scones sortis du four. Mais, après, ouste ! Mme Ponsonby sera là d'une minute à l'autre.

Martin prit rapidement une poignée de friandises dans le placard tandis que Cathy sortait trois petites assiettes et plaçait un scone sur chacune.

On sonna à l'entrée.

– La voilà ! s'écria Martin en s'emparant d'une assiette. Vite !

Ils grimpèrent les escaliers quatre à

quatre. En arrivant à l'étage, ils entendirent la mère de Martin ouvrir la porte et
dire à son invitée :

— Madame Ponsonby! Entrez, je vous
prie.

— Ouf! chuchota James. On l'a échappé
belle!

Ils filèrent rejoindre les rats dans l'ancienne chambre d'Emma. Cathy, qui
marchait en tête, s'immobilisa sur le seuil.

— Regardez! s'écria-t-elle.

Au milieu de la pièce, Max était tranquillement assis sur son arrière-train.

— Oh non! geignit Martin en découvrant
la cage vide. On a mal refermé!

James remit Max dans sa cage et fixa
soigneusement le couvercle.

— Où est Misty? s'inquiéta Cathy.

Ils fouillèrent la chambre de fond en
comble : ils regardèrent sous le lit,
derrière l'armoire et la commode…
Aucune trace de Misty.

– Il n'est pas dans cette pièce ! conclut Martin.

James passa la tête dans le couloir :

– Et les portes des autres chambres sont toutes fermées.

– Alors, où est-il ?

Cathy entendit un tintement de porcelaine au rez-de-chaussée. Elle jeta un coup d'œil par-dessus la rampe : Mme Adams traversait le vestibule en portant des tasses et une théière sur un plateau. Une idée affreuse lui traversa l'esprit.

– Pourvu qu'il ne soit pas descendu ! souffla-t-elle.

James et Martin échangèrent un regard catastrophé.

– Alors, il serait en bas ?

– Avec Mme Ponsonby ?

– Vite ! s'écrièrent-ils tous en chœur avant de se précipiter dans les escaliers.

9

— Commençons par la cuisine, chuchota Cathy.

Mais ils eurent beau en inspecter tous les recoins, le petit rat restait introuvable.

— Tiens, vous êtes là? fit Mme Adams en les apercevant. Tant mieux, vous allez m'aider à tout emporter dans le salon. Martin, tu prends les assiettes, Cathy le beurre et la confiture, et James les couteaux et les serviettes. Et surtout, soyez polis avec Mme Ponsonby!

– Mais, Maman…, commença Martin.

Mme Adams lui tapota l'épaule :

– Je ne vous demande pas de rester. Venez simplement dire bonjour ; ensuite, vous pourrez vous sauver.

Échangeant des regards inquiets, les enfants suivirent Mme Adams dans le salon. Mme Ponsonby était assise sur le sofa. Elle portait une robe bleu ciel imprimée de grandes fleurs écarlates, avec un chapeau bleu assorti, surmonté d'une plume rouge. Elle caressait sa chienne assise sur ses genoux.

– Bonjour, les enfants, dit-elle d'un ton affable.

– Bonjour, Madame Ponsonby, répondirent-ils en chœur.

– Donne une assiette à Mme Ponsonby, Martin, s'il te plaît, dit Mme Adams. Elle demanda à son invitée en souriant :

– J'espère que vous aimez les scones ?

– Bien entendu. Et ma petite Pandora en

raffole, susurra Mme Ponsonby avec un sourire attendri à l'adresse de sa chienne.

Martin posa une assiette sur la table basse devant Mme Ponsonby, tout en lorgnant derrière le sofa. Mme Ponsonby surprit son manège :

– Puis-je savoir ce que tu regardes ?

– Martin ! siffla Mme Adams.

Martin se redressa d'un bond.

– Heu, désolé…, bafouilla-t-il.

Mme Adams tendit les scones à Mme Ponsonby, qui en prit deux.

Elle ouvrit ses scones avec la pointe du couteau et se tourna vers la petite chienne sur ses genoux.

– Qui a été bien sage ? Qui a mérité un bon gros scone ? minauda-t-elle.

Cathy étouffa une exclamation de surprise : Misty trottinait tranquillement derrière le fauteuil ! Mme Adams et Mme Ponsonby se tournèrent vers elle.

– Ça va, Cathy ? s'inquiéta Mme Adams.

Cathy avala sa salive.

– Oui, mais je me sens un peu fatiguée…, répondit-elle en jetant un coup d'œil significatif à James et à Martin. Je crois que je vais m'asseoir ici.

Elle se glissa vers le fauteuil.

– Moi aussi ! s'exclama James.

– Tiens, moi aussi ! déclara Martin, qui venait de comprendre ce qui se passait.

– Quoi, tous les trois ? s'étonna Mme Ponsonby. Sur le même fauteuil ?

Soudain, Pandora se mit à gronder. Mme Ponsonby faillit en lâcher son couteau.

– Pandora ! s'alarma-t-elle. Qu'y a-t-il, ma belle ?

Elle jeta des regards affolés dans toutes les directions, tandis que Pandora continuait à gronder, les yeux rivés sur le fauteuil. Mme Ponsonby suivit son regard. Cathy, James et Martin s'interposèrent pour lui boucher la vue.

– Madame Adams ! Pandora a aperçu

quelque chose près de votre fauteuil! s'écria Mme Ponsonby. Veuillez vérifier ce que c'est, je vous prie.

– Sans doute une araignée, dit Martin.

– Une araignée! s'exclama Mme Ponsonby en faisant osciller la plume de son chapeau.

– C'est vrai, j'en ai vu une tout à l'heure, renchérit James. Elle était énorme.

Mme Adams les regarda, alignés tous les trois devant le fauteuil.

– Je ne sais pas ce que vous mijotez, dit-elle, mais je vais le découvrir, croyez-moi!

Avançant d'un pas résolu, elle posa une main sur le dossier du fauteuil et l'écarta d'un geste vif. Cathy ferma les yeux, se préparant aux hurlements de Mme Ponsonby.

Il y eut un silence.

– Il n'y a rien, ici, s'étonna Mme Adams.

Cathy ouvrit les yeux. Mme Adams avait

raison : il n'y avait rien derrière le fauteuil. Misty avait disparu.

– Oh, Pandora, gronda Mme Ponsonby. Tu n'as pas honte de taquiner maman comme ça ? Vilaine !

Soudain, Cathy repéra une forme grise qui détalait derrière le sofa. Elle agrippa James et Martin par le bras et tous les trois virent avec horreur le petit rat escalader le dossier. Il s'arrêta au niveau du chapeau de Mme Ponsonby. Pendant une seconde, Cathy crut qu'il allait sauter sur le rebord.

– Non ! hurla-t-elle.

Elle s'élança d'un bond et arracha le chapeau de la tête de Mme Ponsonby.

Mme Ponsonby poussa un cri perçant. Pandora se mit à japper à tout va. Effrayé par ce vacarme, Misty bondit du sofa et se sauva de la pièce.

James et Martin coururent à sa suite.

– Cathy Hope ! glapit Mme Ponsonby.

Puis-je connaître la raison de ce comportement inadmissible ?

Cathy se dandinait d'un pied sur l'autre, le chapeau entre les mains.

– Je m'excuse, bredouilla-t-elle. Je… j'ai cru voir une araignée tomber sur votre chapeau.

– Une araignée ! Vraiment ? Et où est-elle passée, je te prie ? demanda Mme Ponsonby en remontant ses lunettes.

– Je… j'ai dû rêver.

Mme Ponsonby faillit en tomber d'indignation :

– Tu… tu as rêvé ? De ma vie, je n'avais jamais entendu une ineptie pareille !

Mme Adams prit le chapeau des mains de Cathy.

– Tu ferais mieux d'aller rejoindre les autres, Cathy, lui dit-elle sèchement.

Cathy s'enfuit sans demander son reste. Elle entendit Mme Adams s'excuser auprès de Mme Ponsonby :

– Je suis affreusement gênée. Je ne sais pas ce qu'ont les enfants aujourd'hui, mais je vous assure que ce n'est pas dans leurs habitudes. Je vous en prie, rasseyez-vous et prenez un autre scone.

Misty avait filé droit à la chambre de Martin.

– Ouf! souffla Cathy en refermant la porte derrière elle.

– Alors? fit James.

– Ne m'en parle pas!

– Au moins, Mme Ponsonby n'est pas partie, observa Martin. Mais ma mère va nous passer un de ces savons!

– Quelle rigolade, quand même! pouffa James. Vous avez vu sa tête quand Cathy lui a arraché son chapeau?

Cathy gloussa. Martin l'imita, et bientôt les trois amis riaient à gorge déployée.

10

Les jours suivants, les ratons n'améliorè-
rent pas leurs records. Cathy consignait
scrupuleusement les résultats sur son
graphique, mais Misty restait bloqué à
neuf secondes et Max à onze. Martin ne
savait plus quoi inventer pour les
motiver.

— On devrait peut-être leur mettre une
super-friandise à l'arrivée, suggéra
Martin, que James et Cathy avaient

retrouvé après les cours. Quelque chose de très sucré. Les rats adorent le sucre.

Ils descendirent à la cuisine. Il y flottait une bonne odeur d'avoine et de miel chaud.

– C'est parfait ! s'exclama Martin en se tournant vers ses amis. Ces biscuits d'avoine dorés contiennent des noisettes, des flocons d'avoine et des raisins. Tout ce qu'ils aiment !

Mme Adams entra.

– Servez-vous, leur proposa-t-elle en les voyant lorgner les biscuits. Mais faites attention, ils sont brûlants.

Ils prirent un biscuit chacun et remontèrent les escaliers au pas de course.

– Si Misty ne court pas plus vite avec ça, je ne sais pas ce qu'il lui faut ! fit Martin en souriant.

Dès qu'ils le sortirent de sa cage, le petit rat se trémoussa et frétilla du museau. Cathy le posa sur la plate-forme de départ tandis que Martin plaçait un petit morceau de biscuit sur la ligne d'arrivée. Misty le sentit aussitôt ; il faillit échapper à Cathy, tant il avait hâte de s'élancer. James prit le chronomètre.

– À vos marques, prêt… partez ! cria-t-il. Cathy lâcha Misty. Le petit rat vola littéralement à travers les tuyaux. Quand il franchit la ligne d'arrivée, James pressa le bouton d'arrêt. Il consulta le résultat et fronça les sourcils.

– Dix secondes, annonça-t-il.

– Quoi ? Mais c'est une de plus que d'habitude ! protesta Martin.

C'était à n'y rien comprendre. Misty semblait raffoler du biscuit ; il n'en laissa pas une miette, allant même jusqu'à se lécher les pattes quand il eut terminé ! Une deuxième tentative se solda par le même résultat.

– C'est curieux ! commenta Cathy. C'est la première fois qu'il régresse.

– Il ne doit pas être en forme aujour-
d'hui, intervint James.

Martin hocha la tête :

– Il fera probablement mieux demain.

Mais le lendemain, Misty mit onze
secondes.

– Je ne comprends vraiment pas, soupira
Martin en le récupérant sur la plate-forme
d'arrivée.

– Il est peut-être malade, s'inquiéta
Cathy.

Elle examina le petit rat de plus près,
mais son pelage était aussi soyeux que
d'ordinaire, et ses yeux aussi vifs.

– Il mange correctement ? demanda-
t-elle à Martin.

– Comme un ogre, répondit Martin. Il
n'en a jamais assez.

Cathy caressa les flancs de Misty.

– Il est un peu grassouillet, constata-
t-elle. Je me demande s'il n'a pas besoin
d'un petit régime.

Martin secoua la tête :

— Emma dit qu'un rat en pleine crois-
sance ne doit jamais être mis au régime.
Mais on pourrait lui donner un peu moins
de friandises.

— Ou alors, des morceaux plus petits,
suggéra James.

C'est ce qu'ils firent ; mais cela n'eut pas
l'effet escompté. Misty devint même
encore plus lent ! Trois jours plus tard,
Cathy commençait sérieusement à se
faire du souci.

— Je devrais peut-être l'amener à l'Arche
et laisser Papa l'examiner.

Si ce n'était pas le poids, quel était le
problème de Misty ?

11

– Tu as ton graphique? demanda Sarah
Drummond à Cathy le lendemain matin.
Cathy acquiesça. Mme Todd avait
demandé aux élèves d'apporter leurs
graphiques pour en suivre l'évolution.
En examinant celui de Cathy, elle se
montra très intéressée par la trajectoire
des deux courbes, qui indiquait que
Misty régressait tandis que Max mainte-
nait sa vitesse. Elle brandit le schéma
bien haut.

– Observez comme la première courbe descend à mesure que Misty ralentit, commenta-t-elle.

– Pourquoi court-il moins vite ? voulut savoir Jill Redfern.

– On n'en sait rien, avoua Cathy.

– Il en a peut-être assez du circuit, lança Sarah.

Cathy secoua la tête :

– Au contraire, il attend son tour avec impatience ! On doit le retenir pour l'empêcher de prendre le départ avant le déclenchement du chronomètre.

Elle se tourna vers ses camarades en attendant d'autres commentaires, mais ils avaient l'air aussi perplexes qu'elle.

Mme Todd lui adressa un sourire :

– Eh bien, tu as un mystère à résoudre, Cathy !

Puis elle tapa dans ses mains :

– Très bien, les enfants. N'oubliez pas que j'attends vos graphiques complets lundi prochain, avec un compte rendu écrit de vos découvertes.

– Tu sembles préoccupée, ce soir, ma chérie, dit M. Hope à Cathy, qui l'aidait à mettre le couvert. Qu'est ce qui ne va pas ?

Cathy soupira.

– C'est Misty, dit-elle en plaçant les couteaux et les fourchettes. Il est de plus en plus lent. Cet après-midi, il lui a fallu quatorze secondes pour parcourir le circuit !

M. Hope fronça les sourcils :

– Et pour le reste, comment va-t-il ? A-t-il toujours de l'appétit ?

– Il a l'air en pleine forme. Il dévore tout ce qu'on lui donne.

Le père de Cathy se gratta le menton :

– Ça ne doit pas être une maladie, alors. A-t-il mis longtemps pour apprendre le parcours ?

– Il apprend tout très vite, répondit Cathy. Beaucoup plus vite que Max.

– Je me demande s'il ne commence pas à s'ennuyer, tout simplement, fit M. Hope.

– S'ennuyer ? répéta Cathy.

– Plus un rat est intelligent, plus il a besoin d'être confronté à de nouveaux défis, expliqua son père. Vous devriez modifier le parcours et lui faire emprunter un chemin différent.

Cathy se jeta dans ses bras :

– Oh, Papa, c'est une idée géniale !

Ses yeux pétillaient. La solution était si simple !

– Il faut que j'appelle Martin tout de suite !

– D'accord, mais dépêche-toi ! Ta mère va bientôt rentrer, et nous allons passer à table.

Cathy courut au téléphone.

– J'en parlerai à mon père, promit Martin, et je lui demanderai de rapporter d'autres tuyaux du magasin. On pourrait rajouter quelques virages, et peut-être même quelques obstacles !

– On verra ça demain, conclut Cathy. Bonne nuit, Martin.

12

Quand Cathy et James arrivèrent chez Martin le lendemain matin, ils le trouvèrent tout excité.

– Papa a promis de nous mettre un lot de tuyaux de côté ! Il va les rapporter ce soir, et demain il nous aidera à reconstruire le circuit.

– On devrait dessiner un plan, proposa James.

Ses amis applaudirent à l'idée. Martin étala une feuille de papier sur son bureau.

– Il faut rajouter quelques innovations, dit Martin. Si on installait des échelles ? Les rats apprennent très facilement à grimper aux échelles.

– On pourrait aussi placer quelques chatières, ajouta James. Ils n'auraient qu'à les pousser du bout du museau.

– Bonne idée, dit Martin en prenant un feutre. Au travail !

Bientôt, le schéma de la nouvelle piste des rats était prêt, avec ses conduits, ses chatières et ses échelles.

– Ça va être formidable, commenta Martin, ravi.

– Mais quel travail ! J'ai l'impression qu'on ne va pas chômer, demain ! ajouta James.

Dimanche matin, M. Adams apporta son matériel et prit en main la direction des opérations. Il portait des vêtements de travail et il avait coincé un crayon derrière son oreille.

— Martin, tu vas t'occuper des chatières, dit-il.

— Des ratières, plutôt, s'esclaffa James.

M. Adams lui tendit un sac contenant des baguettes en bois, une règle en acier, de la colle et une petite scie :

— Toi, tu feras les échelles ! Il faut qu'elles mesurent douze centimètres de long sur trois de large. Tu as déjà manié une scie de ce genre ?

James hocha la tête. Le grand-père de Cathy lui avait appris à se servir de ses outils de charpentier quand ils avaient construit un kart ensemble.

— Nous avons besoin de six échelles, expliqua M. Adams. Commence par mesurer toutes les pièces, et découpe-les. Quand tu auras fini, je viendrai t'aider à coller les échelons sur les montants.

— Et moi, qu'est-ce que je fais ? demanda impatiemment Cathy.

– Nous deux, on prend en charge les tuyaux. Il va falloir en dévisser quelques-uns, en installer d'autres et déterminer où placer les nouvelles plates-formes.

Tout le monde se mit au travail.

– Ce ne sont pas les mêmes que ceux du circuit, observa Cathy en prenant un tuyau en plastique blanc sur la pile.

M. Adams hocha la tête :

– Ils sont un peu moins larges et un peu plus longs, mais c'est tout ce que j'ai trouvé. Ils feront l'affaire.

Il se planta devant le circuit :

– Bon, commençons par dévisser cette partie-là…

À midi, Mme Adams leur monta des sandwiches et des bols de soupe à la tomate. Ils posèrent leurs outils.

– C'est délicieux, dit James en mordant avec appétit dans un sandwich au jambon. Merci, Madame Adams !

– Que penses-tu de notre construction, Maman? demanda Martin.

Le circuit avait été modifié et prolongé. Il ne restait plus qu'à installer les échelles et les ratières.

– Beau travail! Très impressionnant! commenta Mme Adams. Vous en avez encore pour longtemps?

– Une heure ou deux, je pense, répondit M. Adams.

Il était plus de quatre heures quand le nouveau circuit fut enfin terminé. Il couvrait désormais presque un mur entier. M. Adams recula d'un pas et contempla le dédale de tuyaux, d'échelles et de ratières en secouant la tête.

– Eh bien, dit-il avec fierté, il faut avouer que ça ne manque pas d'allure!

– C'est une Super-Fabuleuse Piste de Rats, maintenant! lança James.

13

Quand M. Adams les eut laissés, Martin
alla chercher la cage des ratons :
— Il va falloir leur apprendre le nouveau
parcours.
Martin sortit Misty de sa cage et le posa
sur la plate-forme de départ.
— Commençons par le faire aller jusqu'à
la première échelle, proposa Martin.
James ouvrit le bocal de friandises et
plaça un morceau de biscuit au pied de la
première échelle.

– Un petit morceau seulement, lui rappela Cathy.

La bedaine arrondie du petit rat montrait clairement que l'absence d'exercice physique des deux derniers jours ne lui avait pas réussi.

– C'est parti ! dit Martin en lâchant Misty.

Le petit rat s'enfonça dans le nouveau tuyau en plastique blanc. Cathy et James le guettaient à l'autre bout, mais il ne ressortit pas.

– Que fabrique-t-il ? demanda James, perplexe.

– Misty ! appela Cathy.

Aucune trace du petit rat.

– Tu le vois, Martin ? s'enquit Cathy.

À l'autre extrémité du tuyau, Martin secoua la tête.

– Et s'il était coincé ? s'alarma la petite fille.

Ils échangèrent des regards horrifiés.

– Je vais chercher mon père ! décida Martin.

Il dévala les escaliers ; bientôt, il revint avec M. Adams, qui entreprit de dévisser l'un après l'autre les segments de tuyaux. Il retira ainsi un segment, puis un autre, et enfin…

– Je le vois ! s'écria Cathy.

Elle apercevait le bout du museau du rat. Ses moustaches frétillaient follement. Ses oreilles étaient plaquées contre son crâne. M. Adams, Martin et James se pressèrent autour du tuyau. Martin tendit un morceau de biscuit, mais le rat ne bougea pas. Cathy avait raison : il était bel et bien bloqué !

M. Adams se gratta la tête :

– Si on dévisse le segment, il pourra peut-être glisser.

– Fais attention, Papa ! le supplia Martin. Le petit rat avait l'air terrorisé. Il roulait de grands yeux affolés.

M. Adams acheva de dévisser le segment de tuyau et le porta sur le bureau. Il mesurait environ quarante centimètres de long. Le museau du petit rat pointait à un bout. M. Adams tapota doucement l'autre extrémité, mais sans parvenir à déloger le pauvre Misty.

– Qu'est-ce qu'on va faire ? geignit Martin.

– Je ne sais pas, répondit son père en grimaçant. Appelons Emma ! Elle aura peut-être une idée.

Il descendit au rez-de-chaussée. Les enfants restèrent auprès de Misty pour tenter de le rassurer. M. Adams remonta quelques instants plus tard, la mine inquiète.

– Alors ? demanda Martin.

M. Adams secoua la tête :

– Elle est aussi embêtée que nous. Elle pense que nous devrions l'emmener chez le vétérinaire. Elle nous retrouve là-bas.

– J'avertis mon père qu'on arrive !
proposa Cathy.

– D'accord, Cathy. Le téléphone est dans
le hall.

Cathy dévala les escaliers. Puis, son
appel passé, elle courut rejoindre ses amis
à la voiture. M. Adams s'apprêtait à
démarrer.

– Allez, grimpe ! lança-t-il.

Cathy se glissa sur la banquette arrière à
côté de James. Martin, installé devant,
tenait le tuyau dans ses bras.

– Du calme, Misty, répétait-il. On va
bientôt te sortir de là.

Cathy avait la gorge nouée quand elle
pensait au petit rat tremblant de frayeur
dans sa prison. Pauvre Misty. Comment
allaient-ils réussir à le dégager ?

14

M. Hope les reçut dès leur arrivée à l'Arche. Il prit le bout de tuyau des mains de Martin, regarda à l'intérieur, puis l'emporta dans la salle d'examen en demandant à Cathy :

— Peux-tu aller me chercher le rouleau à pâtisserie dans la cuisine, s'il te plaît ?

— Le rouleau à pâtisserie ? répéta Cathy, étonnée.

M. Hope hocha la tête :

— Celui en bois, sans poignées.

Cathy courut à la maison. Quand elle revint avec l'ustensile demandé, elle constata que son père avait préparé un large carré de mousse et un rouleau de sparadrap. Il enroula la mousse autour d'une extrémité du rouleau et la maintint avec plusieurs tours de sparadrap.

— Je vais chercher une scie, annonça-t-il en quittant la pièce.

— Une scie ! s'exclama Martin.

— Ne t'inquiète pas, le rassura Cathy. Il va simplement raccourcir le tuyau pour pouvoir atteindre Misty avec le rouleau et le pousser dehors.

M. Hope fut de retour quelques minutes plus tard avec une petite scie à main.

— Je vais scier ici, juste derrière la partie où il est bloqué, expliqua-t-il. Ensuite, j'essaierai d'expulser ce malheureux avec mon rouleau. Cathy, tu veux bien me tenir le tuyau ?

Cathy maintint le tuyau pendant que son

père en sciait prudemment l'extrémité.
M. Hope enfila une grosse paire de gants
en cuir.

– Faites attention, les enfants, prévint-il.
Quand il sortira, il risque d'avoir envie de
mordre.

– Misty ne mord pas ! protesta Martin.

– Pas dans des circonstances normales,
reconnut M. Hope. Mais un animal
effrayé a des réactions imprévisibles.

Couvrant d'une main l'extrémité du
tuyau, il enfonça le rouleau à pâtisserie à
l'autre bout et entreprit de pousser doucement sur les fesses du petit rat. Au début,
il ne se passa rien. Puis, les moustaches
de Misty apparurent au bout du tuyau.

– Il vient ! s'écria Martin.

Le museau du rat émergea, puis sa tête, et
ses épaules.

– Je l'ai presque ! dit M. Hope.

Il poussa un peu plus fort, et le petit rat
jaillit comme un bouchon.

– Hourra ! cria Martin tandis que le vétérinaire attrapait Misty avec son gant.

En proie à une peur panique, le petit rat se
tortillait dans tous les sens ; mais
M. Hope ne le lâcha pas.

– Là, là, mon joli, murmurait-il en le
berçant dans ses mains en coupe.

Misty finit par se calmer. Il sortit le
museau hors des gants et regarda tout le
monde.

– Ouf ! soupira Martin avec un profond
soulagement.

M. Hope retira l'un de ses gants et entreprit de palper le rat. Il lui tâta les jambes,
les côtes, puis fronça les sourcils.

– Quoi ? fit Cathy, la gorge sèche.

Son père retourna Misty sur le dos et lui
examina le ventre.

– Il va bien, n'est-ce pas ? demanda
Martin.

– À merveille ! déclara M. Hope en
remettant le rat à l'endroit.

Une lueur de malice pétillait dans ses yeux. Un sourire presque imperceptible se dessina aux coins de sa bouche.

– Il n'y a qu'un seul problème. Misty n'est pas un mâle. C'est une femelle… et elle est enceinte, conclut-il en tendant la petite rate à Martin.

– Enceinte ! souffla Cathy.

– Enceinte ! répéta Martin comme un écho.

M. Hope fit oui de la tête.

– Quel âge a-t-elle ? demanda-t-il.

– Neuf semaines.

– C'est quand même un peu jeune pour avoir des petits, non ? s'étonna M. Adams.

M. Hope secoua la tête :

– Non, les rates peuvent tomber enceintes dès la septième semaine. À mon avis, elle va mettre bas dans cinq ou six jours.

Au même instant, on frappa. Emma glissa la tête dans l'entrebâillement de la porte :

– Je suis venue aussi vite que j'ai pu! Comment va Misty? Vous avez pu le libérer?

Ils échangèrent des regards complices.

– Entre, Emma, lui dit M. Hope.

Quand elle apprit que Misty attendait des petits, Emma poussa une exclamation étouffée. Elle se couvrit la bouche de sa main.

– Oh, mon Dieu! J'étais tellement pressée le soir où je les ai pris! reconnut-elle. J'ai dû me tromper de rat. Je suis vraiment désolée, Martin.

– Ce n'est pas grave, la rassura Martin. Au contraire, je trouve ça génial! Je vais avoir des bébés rats!

– Ils n'ont pas souffert, à propos? demanda Cathy.

M. Hope sourit:

– Ne t'inquiète pas. Mais Misty doit désormais éviter les exercices violents.

Finies, les courses de rats ! Jusqu'à ce qu'elle ait mis ses petits au monde, en tout cas.

– Pas étonnant que ses performances aient diminué, commenta James. Et nous qui pensions qu'elle mangeait trop !

– Ou qu'elle commençait à se lasser du parcours ! enchaîna Martin.

Cathy sourit de toutes ses dents. Elle tenait enfin la solution de l'énigme !

– C'est Mme Todd qui va être surprise ! gloussa-t-elle.

15

Lundi matin, Cathy et James arrivèrent à l'école plus tôt que d'habitude. Tout au long du trajet, ils avaient discuté de Misty. Cathy avait fini son devoir de maths, et elle était certaine d'obtenir une bonne note.

– Tiens, voilà Martin ! fit James en désignant le garçon, qui se dirigeait vers le portail avec sa mère.

Ils poussèrent leurs vélos jusqu'à eux.

Bientôt, toute une foule de curieux s'agglutina autour de Martin, qui raconta la mésaventure de Misty. Cathy l'observait, debout au milieu de ses camarades, les yeux brillants d'excitation. Et dire qu'au début il voulait absolument tenir secrète l'existence de ses rats…

Mme Adams se tourna vers Cathy et James, étonnée :

– J'ignorais que Martin avait autant d'amis !

– En fait, c'est surtout depuis qu'on sait qu'il a des rats, répondit James.

Comme Mme Adams semblait perplexe, Cathy lui expliqua les réticences passées de Martin.

– C'est donc pour ça qu'il ne voulait pas de fête pour son anniversaire ! s'exclama Mme Adams.

Elle réfléchit un instant avant de leur demander :

– Vous croyez qu'il apprécierait qu'on lui prépare une fête surprise, maintenant ?

– Je suis sûr qu'il adorerait ! dit James.

– Le mieux serait de le faire après la naissance des petits ! ajouta Cathy.

Deux semaines et demie plus tard, un vendredi soir après l'école, Mme Adams déposa Martin au magasin de son père à Walton. Cathy et James avaient distribué en secret des invitations à tous les élèves de quatrième et de cinquième, et, à cinq heures, une trentaine d'enfants débarquèrent chez les Adams. Ils aidèrent à gonfler les ballons, à dresser la table pour le goûter et à disposer des cadeaux. Mme Adams avait invité M. et Mme Hope. Le père de Cathy avait dû décliner l'invitation, car il fallait que quelqu'un reste à l'Arche, mais sa mère était venue.

– Ils vont arriver d'une minute à l'autre ! avertit Mme Adams en apportant dans le salon un somptueux gâteau d'anniversaire en forme de gros rat gris et blanc.

– Vite, cachez-vous ! dit Cathy en voyant la voiture de M. Adams s'arrêter devant la maison.

Tout le monde courut se cacher. Cathy et James s'accroupirent derrière la porte de la cuisine. Des gloussements fusèrent.

– Chut ! lança Cathy.

Mais les gloussements redoublèrent ; Paul Stevens renifla bruyamment en tentant d'étouffer un fou rire.

La porte d'entrée s'ouvrit.

– Maman ? appela Martin. On est là !

– Surprise ! s'écrièrent tous les enfants en jaillissant de leurs cachettes et en lançant des serpentins.

Cathy éclata de rire devant le visage stupéfait de Martin.

– C'est une fête d'anniversaire très, très en retard ! expliqua-t-elle.

Mme Adams vint serrer son fils dans ses bras :

– Bon anniversaire, mon chéri !

Martin restait bouche bée, sous une pluie de ballons et de confettis.

– Waouh! lâcha-t-il quand il eut retrouvé l'usage de la parole.

– Allez, viens ouvrir tes cadeaux! le pressa Tina Cunningham en l'entraînant vers le salon.

Le goûter fut une grande réussite. Mais le meilleur moment arriva lorsque tout le monde eut fini sa tranche de gâteau et qu'Amy Fenton lança, ne tenant plus en place :

– On peut voir les bébés?

Martin courut alors à l'étage et en redescendit une grande cage flambant neuve. Les enfants s'écartèrent, et il la déposa avec fierté au milieu de la pièce.

– Oh! s'extasia Tina. Ce qu'ils peuvent être chou!

Six bébés rats s'agitaient dans la cage. Ils ressemblaient en tout point à Max et Misty, avec leur tête gris foncé et leur corps tacheté. Ils regardaient partout en clignant des paupières, étonnés de se retrouver au milieu des cris et des rires.

Cathy donna un coup de coude à Martin :

– J'ai l'impression que bientôt tu ne seras plus le seul à élever des rats dans notre village !

FIN

Et voici une nouvelle aventure
de Cathy et James
dans

CHERCHONS
UN ABRI POUR HAROLD !

3

Harold était un hérisson qui vivait dans le jardin de Mary. Il avait installé son nid sous les racines d'un vieux pommier, où il menait une existence tranquille depuis plusieurs mois.

– Je retourne chez Mary ! lança Tom Hope quand il eut trouvé ce qu'il cherchait. Je vais essayer de colmater la brèche avant l'arrivée du plombier.

Il sortit en hâte. Il fallait qu'il se dépêche pour éviter que les dégâts s'aggravent.

Comme elle n'avait obtenu aucune réponse, Cathy décida d'évaluer elle-même la situation. Elle se précipita derrière son grand-père et lui cria :

— Est-ce qu'on peut venir avec toi ?

— On vous aidera de notre mieux ! renchérit James qui l'avait suivie.

— Comme ça, on vérifiera si Harold va bien ! ajouta vivement Cathy.

M. Hope se retourna et hocha la tête :

— Deux paires de bras supplémentaires ne seront pas de trop !

Dès qu'ils arrivèrent chez Mary, Cathy et James sautèrent de la voiture et se ruèrent dans le jardin.

Il était couvert de neige, qui commençait à fondre à cause de l'eau qui avait coulé sous la porte de la maison. Quelques touffes d'herbes apparaissaient de-ci de-là. Cathy se dirigea directement vers le vieux pommier.

— James, va chercher des truelles dans la

cabane ! ordonna-t-elle. Il faut vite déblayer ! Le nid de Harold est dessous !

– Son nid ? Mais... ce n'est pas un oiseau !

– Pfff ! Je dois tout t'expliquer ! Les hérissons construisent des nids avec des feuilles sèches et les mettent à l'abri sous des broussailles. Harold, lui, a préféré les racines de cet arbre... Allez, dépêche-toi !

Elle s'agenouilla et entreprit d'enlever la neige. James revint avec deux truelles et ils creusèrent, en prenant garde à ne pas abîmer le nid. Bientôt, les mains rouges de froid, Cathy tâtonna sous les racines. Ses doigts engourdis rencontrèrent une boule d'herbe et de feuilles à moitié gelée.

– Je l'ai trouvé ! s'écria-t-elle.

Elle souffla dessus pour faire fondre la

fine pellicule de glace qui l'entourait.

Puis elle déplia soigneusement les feuilles, espérant trouver le petit hérisson endormi. Mais une mauvaise surprise l'attendait : le nid était vide !

La gorge serrée, Cathy s'élança vers la maison :

– Papy ! Papy ! Harold a disparu !

Tom Hope sortit sur le seuil.

– Pas de panique ! Il a probablement fui l'inondation et s'est réfugié ailleurs, la rassura-t-il.

– Mais il était en train d'hiberner ! objecta Cathy.

Elle savait que les hérissons hibernaient dès le mois de novembre jusqu'au retour du printemps. Cette année, après quelques jours de beau temps, le froid était revenu au mois d'avril. Harold s'était donc rendormi.

– C'est vrai, répondit son grand-père. Mais il paraît que les hérissons sentent le danger même en dormant, et qu'ils sont capables de se réveiller. C'est Betty Hilder qui me l'a dit.

Betty Hilder dirigeait le refuge animalier qui se trouvait dans le village voisin. Elle s'y connaissait en animaux. Plusieurs fois, elle avait confié aux parents de Cathy des animaux sauvages blessés ou malades.

– En plus, les hérissons savent nager…, continua Tom Hope.

James parcourut du regard le jardin de Mary en secouant la tête :

– Je ne vois pas où il a pu aller !

– S'il n'a pas d'abri, Harold va geler ! s'inquiéta Cathy.

– Il faut le retrouver, dit Tom Hope, laissant de côté ce qu'il avait entrepris. Il ne doit pas être très loin.

Ils décidèrent de se séparer, car le jardin était assez grand. Ils furetèrent partout, même dans les endroits les plus improbables. En vain. Le petit hérisson restait introuvable !

Le cœur serré, la fillette imaginait Harold perdu et affamé. Comment allait-il survivre ?

Soudain, James poussa un cri :

— Cathy, regarde !

Cathy et son grand-père accoururent aussitôt.

— Là ! Des traces !

— Ce sont des empreintes de hérisson ! dit Tom Hope.

Découvre vite la suite de cette histoire
dans
**CHERCHONS
UN ABRI POUR HAROLD !**
N° 210 de la série

ÉCRIS-NOUS !

Chère Lucy Daniels,

Mes parents m'ont offert un chien pour mon anniversaire. C'était mon rêve depuis que je suis toute petite. C'est un westie. Je l'ai appelé Sucre. Je l'adore. Je m'occupe de lui tout le temps.

Léa, 10 ans

RÉPONSE

Tu as raison de chouchouter ton chien. C'est un animal qui a besoin de compagnie et d'affection.
Pense à bien le nourrir en choisissant des aliments de bonne qualité, à lui mettre un petit coussin dans son panier, à le promener souvent…

TOI AUSSI,
tu AIMES LES ANIMAUX ?

Si tu as envie

de nous confier les joies et les soucis
que tu as avec ton animal,

si tu veux

nous poser des questions
sur l'auteur et ses romans,
ou tout simplement nous parler
de tes animaux préférés,

n'hésite pas à nous écrire !
Ta lettre sera peut-être publiée !

Bayard Éditions Jeunesse
Série " SOS Animaux "
3, rue bayard
75008 Paris

Attention !
N'oublie pas d'écrire ton nom et
ton adresse si tu veux qu'on te réponde !

S.O.S. ANIMAUX

SPÉCIAL CHIENS
S.O.S. ANIMAUX

Sheltie®

Imprimé en R.F.A par Clausen & Bosse